1904. Mai. 20

COLLECTION DE M. S***

DE MARSEILLE

TABLEAUX

MODERNES

AQUARELLES — DESSINS

COMMISSAIRE-PRISEUR

M° LÉON TUAL

EXPERT

M. BONJEAN

CATALOGUE

DES

TABLEAUX

MODERNES

AQUARELLES ET DESSINS

PAR

BERNE-BELLECOUR, BOUDIN, BRISSOT, CLAIRIN, COURBET, DELPY,
DETAILLE, DUEZ, HARPIGNIES, HENNER, HUGUET,
ISABEY, JACQUE CH., LAURENS J.-P., MONTICELLI, DE NEUVILLE, RIBOT,
ROCHEGROSSE, ROSA BONHEUR, ROYBET, STEVENS, TROUILLEBERT,
VERNET H., VEYRASSAT, VOLLON, ZIEM, ETC., ETC.

APPARTENANT A M. S***
DE MARSEILLE

Dont la vente aura lieu

HOTEL DROUOT, SALLE N° II
LE VENDREDI 20 MAI 1904
à 2 heures 1/2

COMMISSAIRE-PRISEUR	EXPERT
M° LÉON TUAL	**M. BONJEAN**
56, rue de la Victoire	10, rue Laffitte

EXPOSITION PUBLIQUE
Le Jeudi 19 Mai 1904, de 1 heure 1/2 à 5 heures 1/2

CONDITIONS DE LA VENTE

Elle sera faite au comptant.

Les acquéreurs paieront *dix pour cent* en sus des prix d'adjudication.

Paris. — Imp. de l'Art, E. Moreau et Cie, 41, rue de la Victoire.

DÉSIGNATION

TABLEAUX

ALLÉGRE

1 — *Tête d'Homme, étude.*

    Signé en bas, à gauche.

        Toile. Haut., 40 cent.; larg., 31 cent.

ARUS

2 — *Dans les blés.*

    Signé en bas, à droite.

        Bois, Haut., 20 cent. 1/2 ; larg., 26 cent.

BERNE-BELLECOUR

3 — *Hussard fumant la pipe.*

    Signé en bas, à droite : *1882.*

        Bois. Haut., 23 cent. ; larg., 13 cent. 1/2.

BERTRAND (James)

4 — *Vivent les Femmes.*

    Signé en bas, à gauche.

        Toile. Haut., 45 cent.; larg., 29 cent.

BOILLY (Attribué à J.-L.)

5 — *Tête de Femme.*

Toile ovale.

Haut., 20 cent.: larg., 15 cent.

BOUDIN

6 — *Les Laveuses.*

Signé en bas, à droite.

Bois. Haut., 21 cent.; larg., 32 cent.

BOUDIN

7 — *Plage sur les bords de l'Océan.*

Signé en bas, à gauche.

Bois. Haut., 24 cent.: larg., 40 cent.

BRISSOT

8 — *Troupeau de moutons.*

Signé en bas, à droite.

Bois. Haut., 40 cent.; larg., 53 cent.

BRISSOT

9 — *La Gardeuse de moutons.*

Signé en bas, à gauche.

Bois. Haut., 26 cent.; larg., 37 cent.

BROZIK

10 — *La Distribution de la soupe aux pauvres.*

Signé en bas, à gauche.

Bois. Haut., 31 cent.; larg., 45 cent.

CAROLUS-DURAN

11 — *Tête d'Homme, étude.*

Signé en haut, à droite.

Toile. Haut., 45 cent.; larg., 36 cent.

CHARTRAN

12 — *Mousquetaire assis, fumant la pipe.*

Signé en bas, à gauche et daté : 1875.

Bois. Haut., 14 cent.; larg., 10 cent.

CLAIRIN

13 — *Jeune Femme assise sur un mur.*

Signé en bas, à droite.

Bois. Haut., 42 cent. ; larg., 32 cent.

CONSTABLE (Attribué à)

14 — *Paysage.*

Toile. Haut., 44 cent.; larg., 29 cent.

DELPY

15 — *Bords de rivière.*

Signé en bas, à droite.

Bois. Haut., 15 cent.; larg., 26 cent.

DEVEDEUX

16 — *Jeunes Femmes.*

Signé en bas, à gauche.

Toile. Haut., 31 cent.; larg., 23 cent.

DUEZ

17 — *Dame au bord de la mer.*

Signé en bas, à droite.

Haut., 65 cent.; larg., 31 cent.

HARPIGNIES

18 — *Petit Paysage.*

Signé en bas, à gauche.

Toile. Haut., 14 cent.; larg., 21 cent.

HENNER

19 — *Tête de Jeune Femme.*

Signé en haut, à droite.

Bois. Haut., 26 cent.; larg., 18 cent.

HENNER

20 — *La Veuve.*

Signé en bas, à gauche.

Toile. Haut., 50 cent.; larg., 38 cent.

HUGUET

21 — *Cavaliers arabes.*

 Signé en bas, à droite.

  Toile. Haut., 32 cent.; larg., 23 cent.

ISABEY

22 — *Le Duel au clair de lune.*

 Signé en bas, à gauche.

  Bois. Haut., 18 cent.; larg., 24 cent.

JACQUE (Attribué à Ch.)

23 — *Moutons sous bois.*

 Signé à gauche, en bas.

  Bois. Haut., 15 cent. 1/2; larg. 11 cent. 1/2.

LAURENS (Jean-Paul)

24 — *Le Dauphin.*

 Signé à droite, en haut.

  Toile. Haut., 59 cent.; larg., 49 cent.

MONTICELLI

25 — *Fleurs.*

 Signé en bas, à droite.

  Bois. Haut., 43 cent.; larg., 30 cent.

MONTICELLI

26 — *Dames à la fontaine.*

Signé en bas, à gauche.

Bois. Haut., 36 cent.; larg., 47 cent.

MONTICELLI

27 — *Dames sous bois.*

Signé en bas, à gauche.

Toile. Haut., 37 cent.; larg., 44 cent.

MONTICELLI

28 — *Dames. — Portrait de Mme la Comtesse P.*

Signé en bas, à droite.

Bois. Haut., 21 cent.; larg., 27 cent.

MONTICELLI

29 — *Jeunes Dames.*

Signé en bas, à droite.

Bois. Haut., 34 cent.; larg., 43 cent.

MONTICELLI

30 — *Jeune Femme et son chien.*

Signé en bas, à droite.

Bois. Haut., 33 cent.; larg., 22 cent.

NEUVILLE (DE)

31 — *Soldat anglais.*

Signé en bas, à gauche.

Bois. Haut., 26 cent.; larg., 19 cent.

RIBOT

32 — *Jeune Fileuse.*

Signé en bas, à droite.

Toile. Haut., 45 cent.; larg., 37 cent.

ROCHEGROSSE

33 — *Sarah Bernhard, dans la « Tosca ».*

Signé en bas, à droite et daté : 1889.

Bois. Haut., 38 cent.; larg., 21 cent.

ROSA BONHEUR

34 — *Cheval blanc, étude.*

Signé en bas, à droite. Au dos : Cachet de la vente.

Toile. Haut., 12 cent.; larg., 16 cent.

ROYBET

35 — *La Partie d'échecs.*

Signé en bas, à gauche.

Bois. Haut., 24 cent.; larg., 29 cent.

ROZIER

36 — *Venise.*

Signé en bas, à gauche.

Bois. Haut., 19 cent.; larg., 26 cent.

SAINT-PIERRE

37 — *Jeune Fille arabe.*

Signé en bas, à droite.

Bois. Haut., 36 cent.; larg., 21 cent.

STEVENS (A.)

38 — *Bords de mer*.

Signé en bas, à gauche.

Bois. Haut., 31 cent.; larg., 23 cent.

TOURNEMINE

39 — *Paysage d'Orient*.

Signé en bas, à gauche.

Toile. Haut., 14 cent.; larg., 27 cent.

TROUILLEBERT

40 — *Bords de l'Oise*.

Signé en bas, à gauche.

Toile. Haut., 45 cent.; larg., 55 cent.

VERNET (Horace)

41 — *La Peste à bord de « la Melpomène »*.

Signé en bas, à gauche : 1840.

« Fragment du tableau de la Santé de Marseille. »

Toile. Haut., 41 cent.; larg., 31 cent

VERNIER

42 — *Femmes cherchant des huîtres*.

Signé en bas, à gauche.

Toile. Haut., 52 cent.; larg.. 80 cent.

VEYRASSAT

43 — *Chevaux traînant une barque*.

Signé en bas, à droite.

Bois. Haut., 21 cent.; larg., 31 cent. 1/2.

VOLLON (A.)

44 — *Paysage*.

Signé en bas, à gauche.

Bois. Haut., 8 cent. 1/2; larg., 13 cent.

VOLLON (A.)

45 — *Faïences marseillaises*.

Signé en bas, à gauche.

Bois. Haut., 22 cent.; larg., 31 cent.

VOLLON (A.)

46 — *Le Pot du Midi*.

Signé en bas, à droite.

Toile. Haut, 49 cent.; larg., 60 cent.

VUILLEFROY (De)

47 — *Troupeau de bœufs. Esquisse*.

Signé en bas, à droite.

Toile. Haut., 45 cent.; larg., 54 cent.

ZIEM

48 — *Le Port de Marseille.*

Au fond, la Canebière tout ensoleillée. A droite, un brick dresse son imposante mâture, incliné légèrement sur ses ancres. A gauche, une barque glisse sur les flots frissonnants sous la brise. Le ciel se réfléchit dans les eaux miroitantes des mille feux de l'astre radieux...

Belle impression de lumière, où le maître a déployé ses qualités de prestigieux coloriste.

Signé à droite, en bas.

Bois. Haut., 62 cent.; larg., 80 cent.

AQUARELLES
DESSINS, ETC.

CLAIRIN

49 — *Paysage grec.*

> Signé en bas, à gauche.
> Aquarelle.
>
> Haut., 24 cent.; larg., 45 cent.

DELACROIX (EUG.)

50 — *Arabe.*

> En bas, à droite, le monogramme *E. D.*
> Aquarelle.
>
> Haut., 32 cent.; larg., 20 cent.

DETAILLE (E.)

51 — *Soldats français et officiers.*

> Signé en bas, à gauche.
> Aquarelle.
>
> Haut., 36 cent.; larg., 26 cent.

DORÉ (Attribué à G.)

52 — *Tête de Femme.*

> Aquarelle.
>
> Haut., 10 cent.; larg., 7 cent.

FICHEL

53 — *Joueur de flûte*.

> Signé en bas, à droite.
> Aquarelle.
>
> Haut., 26 cent.; larg., 18 cent.

FORAIN

54 — *Femme*.

> Signé en bas, à droite.
> Aquarelle.
>
> Haut., 51 cent.; larg., 39 cent.

F...

55 — *Femme lisant*.

> Aquarelle.
>
> Haut., 24 cent.; larg., 20 cent.

HARPIGNIES

56 — *Le Pont Royal, à Paris*.

> Signé en bas, à gauche.
> Aquarelle.
>
> Haut., 18 cent.; larg., 26 cent. 1/ .

HUGUET

57 — *Bords de mer, en Provence*.

> Signé en bas, à gauche.
> Aquarelle.
>
> Haut., 10 cent. 1/2; larg., 27 cent. 1/2.

INCONNU

58 — *Tête de Femme.*
Pastel.

Haut., 30 cent.; larg., 29 cent.

JACKSON

59 — *Éventail.*

Aquarelle.

JACQUE (Ch.)

60 — *Cheval blanc.*

Signé en bas, à gauche.
Gouache.

Haut., 12 cent. 1/2; larg., 20 cent. 1/2.

JACQUET (J.)

61 — *Eau-forte du Tableau 1807 de Meissonier.*

Belle épreuve avant la lettre, avec remarque. Tirée
sur vélin, avec les signatures autographes de Meissonier et Jules Jacquet.

JONKIND

62 — *Dans l'Isère.*

Signé en bas, à droite.
Aquarelle.

Haut., 15 cent.; larg., 23 cent. 1/2.

LAMI (Eug.)

63 — *Mousquetaire à cheval.*

Signé en bas, à droite : *E. L.*
Aquarelle.

Haut., 12 cent.; larg., 9 cent.

MEISSONIER (E.)

64 — *Étude de Canon pour le Tableau de 1807.*

Signé en bas, à gauche : *E. M.*
Aquarelle.

Haut., 26 cent. 1/2; larg., 41 cent.

ZIEM

65 — *Une Rue de Constantinople.*

Signé en bas, à droite.
Aquarelle.

Haut., 20 cent.; larg., 12 cent.

ZIEM

66 — *Souvenir de Pologne.*

Signé en bas, à droite.
Aquarelle.

Haut., 12 cent. 1/2; larg., 22 cent. 1/2.

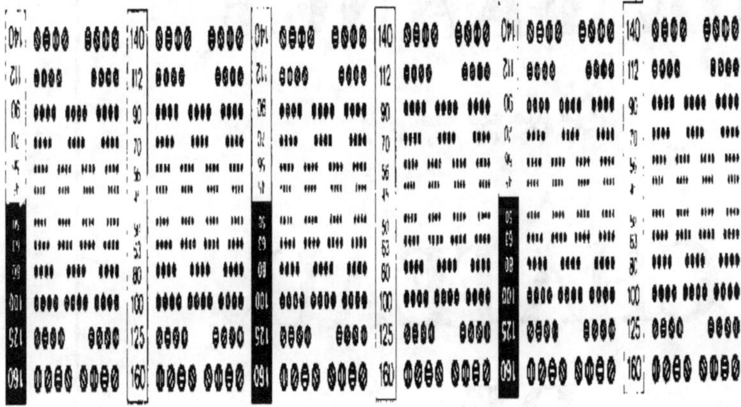

MIRE ISO N° 1
NF Z 43-007
AFNOR
Cedex 7 - 92080 PARIS-LA-DÉFENSE

graphicom

BIBLIOTHEQUE
NATIONALE
DE FRANCE

****

CHATEAU
DE
SABLE
1996